라일락 향기

국립중앙도서관 출판시도서목록(CIP)

라일락 향기 / 지은이: 문덕수. -- 양평군 : 시인생각, 2013
    p. ;   cm. -- (한국대표명시선100)

ISBN 978-89-98047-66-5 03810 : ₩6000

"문덕수 연보" 수록
한국시[韓國詩]

811.62-KDC5
895.714-DDC21   CIP2013011866

한 국 대 표
명 시 선
1 0 0

문 덕 수

라일락 향기

시인생각

　흔히 "자기구원自己救援"이니 "자기실현自己實現"이니 하는 말을 자주 씁니다. 여기에 시를 더하면 시란 자기구원의 시나 자기실현의 시라고도 할 수 있습니다. 틀린 말은 아니라고 봅니다.

　돈, 취직, 힘, 직위 등도 자기구원이나 자기실현과 관계됩니다. 그러나 아무리 시가 자기구원이나 자기실현이라고 하더라도 '진실'이나 '진리' 자체보다 더 가치 있다고 할 수 있을까요? 그런데 진실이나 진리란 무엇일까요 하고 묻는다면 얼른 답이 나오지 않습니다. 그러나 진실이나 진리가 무엇이라고 분명히 말할 수 없다고 하더라도 그런 것이 분명히 존재함을 믿고 있고, 그것이 무엇인지 말하고자 하는 멀고 긴 과정을 언어로 보여주는 것이 시가 아닌가 생각됩니다. 시란 진실이나 진리의 언표를 위한 그 과정임이 분명합니다. 시란 어떤 과정이거나 형식이지 그 정의나 결과는 아닙니다. 시는 어떤 진실이나 진리에 이르고자 하는 그 노정路程에 존재하는 것으로 보입니다. 그래서 시는 정의定義나 결말이 중요한 것이 아니라 언제나 과정이나 노정이 중요합니다. 진실이나 진리는 이것이라고 하든지, 시는 이것이다

라고 말하기는 어렵습니다. 다만 그것에 도달하려고 노력하는 과정에 지나지 않습니다.

천명일天明一 님이 번역한 「수능엄경」 서문에는 다음과 같은 말이 있습니다. "아난아! 옛날 어느 산촌에 벌을 키우는 밀봉업자가 있었단다. 가을철이 되어서 꿀을 수확하고 보니 그 양이 상당히 많았다 한다. 좋은 꿀을 사려는 사람들이 사방에서 모여들어 밀봉업자는 수입을 톡톡히 보았단다. 그런데, 그 값진 진액의 참꿀을 산 장사꾼들은 그 꿀에다가 약간의 물을 타서 꿀 병을 더 늘려 팔았단다. 이 물 탄 꿀을 산 중간 도매업자 역시 약간의 물을 더 타서 팔았다. 이렇게 팔고 팔기를 오십 번째 실 소비자에게 넘어간 꿀맛은 어떠했겠느냐? 그것은 꿀맛이라기보다 그냥 맹물 맛과 같았다. 아난아! 오십 번째 판 꿀물이 비록 맹물과 같을지라도 그래도 맹물보다는 좋단다."

이것은 천명일 님이 번역한 「수능엄경」을 오십 번째로 맹물을 탄 것과 같지만 맹물보다는 낫지 않겠느냐라고 자기 번역을 맞추어 자평한 것입니다. 여기에, 중요한 점은 참꿀에 첫 번째 맹물을 탄 꿀과 두 번째 맹물을 탄 꿀맛 등의 50

급의 서열이 병존並存하고 있다는 사실입니다. 이것은 분명 역설逆說입니다만 진실이나 진리에 이르고자 하는 과정이나 형식으로서의 시의 방법을 나타내고 있는 것 같아서 재미가 있습니다. 「신약마태」의 13장을 예로 들겠습니다. "씨를 뿌리는 자가 뿌리러 나가서 뿌릴 때 더러는 길가에 떨어지매 새들이 와서 먹어버렸고, 더러는 흙이 얇은 돌밭에 떨어지매 흙이 깊지 아니하므로 곧 싹이 나와 해가 돋은 후에 타져서 뿌리가 없으므로 말랐고, 더러는 가시떨기 위에 떨어지매 가시가 자라서 기운을 막았고, 더러는 좋은 땅에 떨어지매 후 백 배, 혹 육십 배, 혹 삼십 배의 결실을 하였느니라 귀 있는 자는 들으라 하시니라"(마태 13:1~9) 에서 제자들이 어찌하여 "비유"로 말씀하시나이까 하고 물으니 예수께서 "천국의 비밀"임을 대답하셨습니다. "천국의 비밀"이라는 말씀은 비유의 구조나 본질과의 관계되는 말입니다. 길가 돌밭, 가시떨기 위, 좋은 땅(이상은 씨를 뿌린 장소의 차이)은, 첫 번째 맹물을 탄 벌꿀, 두 번째 맹물을 탄 벌꿀, 세 번째 맹물을 탄 벌꿀…… 오십 번째 맹물을 탄 벌꿀(맹물을 너무 많이 타서 거의 꿀맛이 안 나는 벌꿀)과 유사한 사물의 병존적 나열이면서 동시에 역설적 성격을 띠고 있습니다.

이 두 예는 진실과 진리라는 추상관념을 추상적인 관념으로 그 과정과 형식을 제시한 것이 아니라 감각적·회화적·외부적인 사물어로 사생寫生한 것의 모델인 것 같습니다. 주지주의主知主義적인 시로 나아가는 첫 단계인 사물 이미지의 언어입니다.

2013년 6월 3일

문 덕 수

2

1

선線에 관한 소묘素描 1

선이
한 가닥 달아난다.
실뱀처럼,
또 한 가닥 선이
뒤쫓는다.
어둠 속에서 빛살처럼 쏟아져 나오는
또 하나의, 또 하나의, 또 하나의
또 하나의
선이
꽃잎을 문다.
뱀처럼,
또 한 가닥의 선이
뒤쫓아 문다.
어둠 속에서 불꽃처럼 피어나오는
또 한 송이, 또 한 송이, 또 한 송이
또 한 송이, 또 한 송이
꽃이

찢어진다.
떨어진다.

거미줄처럼 짜인
무변無邊의 망사網紗,
찬란한 꽃 망사 위에
동그란 우주가
달걀처럼
고요히 내려앉다.

선線에 관한 소묘素描 2

영원히 날아가는 의문의
화살일까.
한 가닥의
선의 허리에
또 하나의 선이 와서
걸린다.
불꽃을 뿜고
얽히는
난무,
불사의 짐승일까.
과일처럼 주렁주렁 열렸던
언어는 삭아서
떨어지고,
일체가 불타버리고 남은
오직 하나
신비한 매듭.

선線에 관한 소묘素描 3

은빛 실날을 뽑으며
그물을 짜는
한 올의 바람.
이윽고
환상처럼 걸리는 조롱鳥籠
천사의 손도 얼씬 못하는
조롱,
그 속에
지구는 무한의 구석 끝을 울리는
쓸쓸한 새.
금빛 구름을 뽑으며
그물을 짜는
한 가닥의 지푸라기
이윽고
허무의 가지 끝에 걸리는 초롱,

신의 눈도 얼씬 못하는
초롱,
그 속에
우주는 영겁의 모서리를 밝히는
호젓한 불꽃.

선線에 관한 소묘素描 4

그것은
18세기의 내장 속을
기생하는, 한 마리
세균.
그것은
벽 뒤로
폭동과 군중을 거느린
하나의 점.
그것은
침묵의 축축한 밑바닥을
핥는
파편.
그것은
실패한 지도의 꿈,
아니
지구를 둥근 삼각형으로
변조하려다
들킨
미충微虫.

선線에 관한 소묘素描 5

한 가닥
선이
여윈 내 손목을 묶어보고,
몇 번이고 내 모가지를 금빛으로
졸라보고.
벽 못에서
풀려 내려온 노끈이
누나의 모가지를 졸라 죽였다.
그 때의 누나의 눈알
그리곤
퀴퀴한 냄새가 풍기는
창녀의 치마끈이 되었던
한 가닥
선이,
경부선 레일로
시장댁市長宅 뜨락의 살의殺意의 나뭇가지로
십년 전의 누나의 얼굴로
돌아갈 수 없는
한 가닥
선이,

지중해 연안을 구석구석 더듬은,
내 누나 같은
낫세르 중령의 눈동자 속에
지중해의 윤곽으로 들어앉아
쉬고 있었다.

지편紙片 1

어느 천사의 비밀 메모에서
찢긴
지편일까?
꽃잎처럼 날려 내려오다가,
시간의
붉은 손바닥에
앉을 듯
내려오다가,
상채기는,
지워졌으나
불구의 나비처럼 비실비실
하늘거리다가,
눈먼
역사歷史의 가지 끝에라도
머물 듯
하늘대다가,
꽃잎처럼 시드는
지편이
미지의
어둠의 절벽을 더듬으며

굴러
떨어진다.
selah selah selah selah selah
selah selah……

속의 이미지

한없이 뻗는 암록暗綠의 나선 층계로
돌이 한 개 굴러 내려간다.
어느 밤, 누나가 날려 보낸
새의 화석이다, 누나의 하얀
뒷덜미에 날아 앉곤 하는
시청 지붕 위의 비둘기 떼.
주먹만 한 돌이 굴러 내려간다
누나의 뜨거운 몸부림처럼
부비며 닳고 깎기며
신의 석장石杖이 되어 벌떡 일어선다.
일어선 채로 뒤뚱거리며 내려간다.
미망인의 백골 갈빗대만 한
싸늘한 봄철의 나뭇가지,
나뭇가지처럼 길죽해진 석장이
나선 층계를 춤추듯 내려간다,
그 나뭇가지를 흔들고,
누나의 눈 속 지중해 연안을 더듬고,
몇 만 폭의 치맛자락을 펼쳐
몰래 지구를 싸서 날아오르던
그 바람의 꿈이, 돌이 되었다.

표말標抹

날려가는 한 올 지푸라기
죽은 여울바닥의
표말에 걸려
뉘 숨결로 살아나고,
어쩌다 번개처럼 지나치던
천사의 옷자락이 찢겨
깃발로 나부끼다가
새가 되어 날아오르고,
그러는 먼 어느 밤
신의 눈짓일까,
한 가닥 실오래기 빛살이
표말에 걸려
하늘만한 금빛 채일로
퍼덕이는 것이었다.

재떨이를 오브제로 한 시詩

싸늘한 저항,
재떨이는
내 것이 아니었다.
나와
그 일상을 벗어난 재떨이
사이에
벌어지는 거리도
내 것이 아니었다.
아무는 상처의 속살처럼
삐쭉 삐죽 돋아나는 하늘도
내 것이 아니었다.
재떨이에서
움켜쥐었던 손을
나는 떼었다.
그 싸늘한 저항과
나의 부재 사이에
꽃씨도 뿌릴 수 없는 황막한 계절,
다만
살의殺意의 강물이 흘렀다.
다정스레 내민 나의 손이

시든 꽃잎처럼 떨어지던
그러한 강물
재떨이는
재떨이가 아니었다.
이렇게
나와 재떨이 사이에
육이오 같은 전율과
혁명의 아우성이
머물다
꺼졌다.

꽃과 언어

언어는
꽃잎에 닿자 한 마리 나비가
된다.

언어는
소리와 뜻이 찢긴 깃발처럼
펄럭이다가
쓰러진다.

꽃의 둘레에서
밀물처럼 밀려오는 언어가
불꽃처럼 타다간
꺼져도,

어떤 언어는
꽃잎을 스치자 한 마리 꿀벌이
된다.

얼굴 1

네 얼굴이 없으면
내 얼굴도 없다.
얼굴 앞에서만이
얼굴은 환히 드러난다.
어떤 얼굴은
기쁨이 충만한 서로의 창문,
어떤 얼굴은
따뜻한 서로의 흙벽,
어떤 얼굴은
번갈아 앞뒤를 밀고 혹은 이끌고,
어떤 얼굴은
서로의 태양이 된다.
네 얼굴 속에 잠자는 무수한 얼굴들
네 얼굴을 에워싼 무수한 얼굴들,
그리하여
서로의 얼굴은 살피고 더듬고
서로 받들고 기대다가
마침내 서로의 무덤이 된다.

초상肖像

내 몸에서 돋아나는
천 개의 손을
보지 못할 것이다.
가시처럼
온몸을 싸고 있는 천 개의 손을
너는 보지 못할 것이다.
가방을 든 일상의 손밖에는
보지 못할 것이다.
뱀처럼 모가지를 뽑고
무엇인가
골똘히 암호를 그리듯
춤을 추고 있는
천 개의 손을
보지 못할 것이다.
악수하는 다정한 손밖에는
보지 못할 것이다.
떨어져도 떨어져도 연신 돋아나는
온몸을 감고 춤을 추는
색색가지 손을
너는 보지 못할 것이다.

2

네 개의 막대기

수평으로 네 개의 막대기가 날아간다.
똑같은 속도로 나란히 열을 지어
때로는 장대처럼 일직一直으로 이어져
그 중의 하나는 달을 두 쪽으로 쪼개고
그 중의 하나는 지구를 툭툭 치고
그 중의 하나는 꽃밭을 후려갈기고
그 중의 하나는 사람을 쳐 죽인다.
흩어졌던 막대기들이 다시 날아와
수평으로 나란히 열을 짓다가
제각기 머리를 돌린다.
하나는 벽을 후비면서 돌고
하나는 유리창을 뚫고 드나들어
하나는 나비를 뒤쫓아 내를 건너고
하나는 머뭇거리다가 그대로 떨어져 죽는다.
뒤얽히던 세 개도 차례로 죽는다.

마른 풀잎

길바닥에 마른 풀잎이 떨어져 있다.
저문 햇빛이 마른 풀잎에만 남았다.
발딱발딱 숨을 몰아쉬더니
춤을 춘다.
한참 뒤에 고철 무더기를 끌고 간다.
마른 풀잎이 나뭇가지에 걸린다.
한참을 매달려 벌레처럼 운다.
지나가는 바람을 목을 졸라 죽이고
내려와선 바닷가를 미친 듯이 돈다.
이윽고 한동안 바다를 물고 달아난다.
바다는 엎질러질 듯
마치 접시에 담은 물이다.

새벽 바다

많은
태양이
쬐그만 공처럼
바다 끝에서 튀어 오른다.
일제히 쏘아올린 총알이다.
짐승처럼
우르르 몰려왔다가는
몰려간다.
능금처럼 익은 바다가 부글부글 끓는다.
일제사격一齊射擊
벌집처럼 총총히 뚫린 구멍 속으로
태양이 하나하나 박힌다.
바다는 보석상자다.

원圓에 관한 소묘

한 개의 원이
굴러간다.
천사의 버린 지환指環이다.
그 안팎으로 감기는 별빛과
꽃잎들……
금빛의 수밀도水蜜桃만한
세 개의 원이
천 개의 원이
굴러간다.
신의 눈알들이다.
어떤 눈알은 모가 서서
삼각형이 되어
스러진다.
어떤 눈알은 가로 누운
불기둥이 되어
뻗는다.
한 개의 원이
8월 한가위의 달만큼
자라서
굴러간다.

라일락 향기

마을을 울타리로 두른 라일락 향기
썰물처럼 빠져나가버렸다
골목길의 저 비둘기 한 쌍이
다 쪼아 먹었나 보다
좁은 골목길을 독점하고 있는 저 작은 트럭이
다 실어 쓰레기장에 갖다 버렸나 보다

네거리를 다급하게 건너
초등학교 뒷담 한 모퉁이를 도니
도둑 떼처럼 숨었다가 와락
달려드는 라일락향의 덩어리
간밤에 만주를 누비던 독립군이다

지편紙片 2

절벽 끝에
지편이
붙었다.
잎사귀처럼 핏기 없이 마른
신의 손바닥,
꽃을 잃고
지구라도 숨 가쁘게 돌다가
매달린
나비의 시체.
학의 넋인 양
헐떡이는
지편.
마침내 굴러떨어지나 보다
아슬한 절벽…….

벽 1

벽을 타고 올라가는 한 사나이
쇳덩이처럼 찰싹 붙었다.
한 발자국 한 발자국 딛고 오를수록
벽도 그만큼 높아만 가고
짙푸른 하늘도 그만큼 높아만 가고,
한번 숨을 크게 몰아쉬고서는
메뚜기처럼 벌떡 일어나 뛸 듯이
그렇게 한 발자국 뗄 때마다
온몸은 찢겨 떨어지는 살점.
햇빛이 찌르는 한낮, 눈 닦고 보니
벽을 붙어 올라가는 수천의 사나이
짐승처럼 찰싹 달라붙은 수천의 사나이
뚝뚝 떨어지는 핏방울은 고여서
마침내 냇물을 이루리라.

벽 2

수천의 발자국 소리
그것은 춤이다.

벽이
일천의 벽이 앞질러
숨어 있다가 문득 나타나 솟기도 하고
줄 지어 멀리 달아나듯 쫓아온다.

벽이 꺾이어 막아서기도 하고
때로는 원진圓陣으로 꼼짝없이 둘러싸기도 하고,
벽 위에 벽이 뛰어오르고,
그 위에 또 다른 벽이 뛰어오르고,

벽이 유리처럼 환해지면서
그 안에 또 다른 벽이 우뚝우뚝 솟는다.
도시는 커다란 어항
빌딩도 층층이 쌓아올린 어항이다.

어디로 가나
나는 그 어항 속의 금붕어다.

원圓에 대하여

네 품안에 한 알의 씨로 묻혀
너를 닮은 과일로 익고 싶다.
내 물살의 칼날은 꽃잎이 되고
뾰족한 내 돌부리는 만월滿月처럼 깎이어
너를 닮아 차라리 타 버리고 싶다.
외길로만 뻗는 이 직선을 휘어잡아다오.
부러져 모가 서는 이 삼각을 풀어다오.
꺾이어 모가 서는 이 사각에서 놓아다오.
윤곽이 아니라 그대로 가득 찬 충실이기에
실은 우주도 너를 닮은 충실이기에
네 품안에 떨어진 하나의 물방울로
바다처럼 넘치며 출렁이고 싶다.

너는 가고 남은 한 장의 백지白紙

너는 가고 남은 한 장의 백지
절벽 끝에 붙은 낙엽 같구나.
실은 너마저 삼켜버렸을지 모를
백지 위에 연문戀文을 또박 또박 써보나
파란 빨간 글씨를 수놓듯 써보나
꽃의 몸짓을 하나하나 새기듯 써보나
나비의 나래짓을 옮기듯 써보나
모두 지워버리는 하얀 심연深淵이여
아, 마침내 나를 삼킬 듯
끝없이 노려보는 하얀 응시凝視여.

계단

계단으로 굴러 내려가는 돌들이
한동안 찢어지는 아픈 소리로 울부짖다가
깊은 물속에 빠진 듯 잠잠해진다.
계단으로 굴러 내려가는 돌들이
나뭇가지처럼 길쭉하게 뻗다가는
달빛에 살기 띤 날을 세우고
가끔은 모난 루비로 빛난다.
돌들이 굴러 내려가는 맨 끝에서
한 계단 한 계단 올라서는 사나이가 있다.
스치고 부딪힐 때마다 발등은 찍히고
돌무더기를 꽃잎처럼 안고 쓰러졌다가는
일어서고 일어서곤 하는 그 사나이도
이제는 돌이 되어 올라간다.

인연설因緣說

어느 연둣빛 초봄의 오후
나는 꽃나무 밑에서 자고 있었다.
그랬더니 꽃잎 하나가 내려와서는
내 왼 몸을 안아보고서는 가고,
또 한 잎이 내려와서는
입술이며 이마를 한없이 부비고 문지르고,
또 한 잎이 내려와서는
손톱 끝의 먼지를 닦아내고,
그리하여 어느덧 한 세상은 저물어
그 꽃나무는 시들어 죽고,
나는 한 마리 나비가 되어
그 꽃이 가신 길을 찾아 홀로
아지랑이 속의 들길을 꿈인 듯
날아가고 있었다.

3

풀잎 소곡小曲

내사 아무런 바람이 없네.
그대 가슴 속 꽃밭의 후미진 구석에
가녀린 하나 풀잎으로 돋아나
그대 숨결 끝에 천년인 듯 살랑거리고
글썽이는 눈물의 이슬에 젖어
그대 눈짓에 반짝이다가
어느 늦가을 자취 없이 시들어 죽으리.
내사 아무런 바람이 없네.
지금은 전생의 숲속을 헤매는 한 점 바람
그대 품속에 묻히지 못한 씨앗이네.

우연

내가 너의 곁에 있듯이
팔각의 성냥갑 곁에
반쯤 찬 장밋빛 양주잔.
파란 고색古色의 담배연기만이 슬리는
수색동 셋방 한 구석에
이희승 선생의 국어대사전이 무료하고
그 위에 은빛 라이터
머언 그리움의 물굽이에 밀려서
내가 너의 곁에 있듯이,
하늘의 뱃속까지 비칠 듯한 창가에
선지피를 뿜는 칸나가 피어나듯이
팔각의 성냥갑 곁에
장밋빛 양주잔.

행복

사르비아꽃을 짓이겨선 기둥을 세우고
연蓮꽃을 짓이겨선 기와를 굽고
국화꽃을 짓이겨선 벽을 만들고
천축모란天竺牡丹으로 가락지 같은 문을 짜서
그 만년의 꽃집 속에 꿈이 살고
그 속에 우리가 산다.

개미

길 잃은 한 마리 개미
신의 잘린 머리칼이다.
지구의 무게만한
한 알의 꿈을 물었다.
오만분지일의 지도를 그리는구나.
모근毛根 같은 발끝에는
은총인 양 달빛도 감기지만
언제나 어둔 절벽의 얼굴을 간다.

섬

만나면 문득 빛나는 그대 이마
물속에서 잠시 솟은 새벽 섬이다.
버스 안에서 흔들리고 있는 꽃봉오리들도
구두를 닦고 있는 별들의 땀방울도
저마다 외딴섬이다.
한둘이나 두셋씩 반짝이다 사라지는
그 뒤에는 무덤 같은 빈 거리만 남고
늘어선 겨울 가로수만 유령처럼 남는다.
눈과 눈이 반짝하고 마주칠 때
입김과 입김이 엇갈려 아지랑이처럼 피고
잔잔한 마음의 물살이 퍼져나가나
물속에서 잠시 솟았다 잠기는 바위 끝.

여백

날이 새자
눈을 뜬 유리컵이 탁자에 앉는다.
한 마리의 곤충.
그 곁으로
사기 재떨이는 흰 살결을 드러내고,
유리컵엔 반쯤 담긴 엽차가
한동안 새벽의 빛을 뿜는다.
찢긴 금빛 청자갑에서는
궐련 한 개비가 반쯤 걸린 채
한나절을 그대로
창틈 속의 먼 공간을 엿보고,
짐승의 이빨처럼 빽빽한 장서는 종일 방관하고 있었다.

길 잃은 노끈이

길 잃은 노끈이
한밤의 창틀을 엿본다.
밀려왔다 밀려가는 어둠 속에서
돋아난 한 줄기 넝쿨이다.
이브를 꾀어 낸 사탄의 머리칼이다.
어머니의 목을 조른 치마끈이다.
버림받은 창녀의 음모陰毛다.
일가一家를 묶어 물에 던진 밧줄이다.
언젠가는 지구를 채어 갈 끈인지도 모른다.
빨간 뱀의 혓바닥처럼
한밤의 방구석을 샅샅이 핥고 있다.

선물

누가 몰래 두고 간 포장包裝
달빛의 초점이다.
뜻밖에도 숲 속에서 마주친
당신의 놀란 얼굴 같구나.
무엇이 들었을까.
설레임은 꽃의 꿈으로 익어
나의 빈손은 떨린다.
한 겹 한 겹 풀면서 나는 늙어가나니
마치 한 아름의 저주咀呪인 듯.

당신

사람은 저마다 어둠이다.
그 어둠 속의 어둠 속의
과일 같은 밀집이다.
어쩌다 신호처럼 물 위로 얼굴을 내미는
해저의 바위다.
그러나 당신은 내 앞에서 송두리째
한 송이 연꽃으로 피어나서 웃나니…….

흐바르 섬 2

피난 갔는지
아드리아 해 흐바르 섬은 돌들만 남아 있다
제주도의 아우뻘이다
해녀는 아니지만
익은 능금알 같은 어린 미녀들이
한국으로 수입했으면 싶은 미녀들이
낡은 성당 모퉁이에서
라벤다꽃을 팔고 있다

쪽빛 물바닥의 구슬 같은 연안을
3분의 1쯤 돌아
고갯길 몇 굽이를 넘고 넘어
제주도 성산포 일출봉 같은 고원에 이르니
돌무더기 방풍벽이
밭을 에워싸서 성 같고
완만한 산비탈 중턱에
올망졸망 널린 돌무덤 입구에는
십자가가 반쯤 기울었다

구불구불 계단식 밭엔
미모사 트릴리야 로즈메리 히드
잠시 고개를 들어 멀리
이탈리아 쪽으로 내려다보니
녹색 광채를 보석처럼 뿜는 섬들이
쪽 곧게 혹은 구불구불 이어져 있다

제주도가
지브롤터를 거쳐 여기까지 흘러왔음직한
흐바르는 석다石多의 섬이다

공간

앞차가 서면 나도 서야 한다. 내 뒤차도 따라 설 것이다. 그리고 그 뒤차도 그 뒤차의 뒤차도——차례로 서는 동작이 한 동안 아니 영원히 계속될 것이다.

앞차와 내 차 사이에 범할 수 없는 공간이 생긴다. 내 뒤차와의 사이에도, 그리고 그 뒤차와 뒤차 사이에도——그리하여 빈 상자와 같은 공간이 열을 지을 것이다. 그것은 안전을 지켜주는, 구슬을 꿴 줄같이 아름답다.

앞차가 떠나면 나도 뒤따라 떠난다. 내 뒤차도 나를 따를 것이다. 그리고 그 뒤차도, 그 뒤차의 뒤차도——그리하여 좁혔다 넓혔다 하는 공간이 일렬로 늘어서서 달리는 것이다. 그러나, 그 공간들 중에서 어느 한 공간이 죽을 때, 오, 그 순간의 충돌, 비명, 유혈……, 그러나 다만 한 동안의 파문波紋일 뿐, 그 공간들은 여전히 일렬로 늘어서서 달릴 것이다. 영원히.

4

죽음의 연습

길을 가다가 한쪽 다리에 감전처럼 마비가 온다. 저승에서 오는 메시지다. 그래도 절뚝거리면서 걷는다. 어디서 어둠을 찢고 날아온 총탄이 창자를 뚫고 나간다. 두 손으로 배를 움켜쥔 채 길바닥에 쓰러진다. 버려진 걸레조각, 설사 병상에서 앓다가 몇 줄의 시나, 몇 개의 꿈의 보석을 줍다가 눈을 감아도 마찬가지다.

죽으면 땅을 등지고 얼굴을 하늘로 향하여 무덤 속에 눕는다. 꼿꼿이 서거나 허리를 조금 굽혀 앉은 채로 묻힐 수는 없다. 이 죽음의 자세——나무도 잘리면 그렇다. 대지는 잠시 인체人體가 되었던 이 새로운 흙덩이를 위하여 그만큼한 공간을 마련해 준다. 침상처럼 단단히 받치고, 이불처럼 포근히 덮어준다. 대지의 품속은 누구에게나 똑같다.

밤마다 죽음을 연습한다. 낮에는 일어나고 일하고 지껄이다가 밤이 되면 눈을 감고 눕는다. 죽음의 자세로 돌아간다. 새벽이 되면 다시 일어나서 두 발을 딛고 걷고 뛰고 움직인다. 영원한 휴식——죽음의 자세로 돌아가기 위한 예비 운동이다. 아름다운 죽음을 위하여……

퇴화

10층 50층 105층
사다리나 계단은 무용지물이 되고
초인처럼 훌쩍 뛰어 오를 수 있는 힘이
두 발 끝에 봄기운처럼 충전되는 직전
그만 엘리베이터를 타버렸다

1천 미터 절벽 끝을
발끝으로 박차고
먼 우주 속 꿈의 별을 향하여
한 가닥 광선처럼 단숨에 날 수 있는 날개도
겨드랑이에서 막 새싹처럼 돋으려는 순간
로켓의 불길 속에 타버렸다

시속 6백 킬로 스피드 속에서
몸을 굽혀 절하던 허리도 없어지고
기도하던 무릎도 닳고
사람은 점점 더 퇴화되고 있다
두 발로 걷거나 달릴 수 있는 종족도
이젠 올림픽 선수 몇 명으로 줄어든다

뗏목의 비유

한 땅꾼이 잡초 속으로
달아나는 독사의 꼬리를 나꿔챘다
그 순간 독사는 긴 몸뚱이를 꼿꼿이 세워
땅꾼의 손목을 꽉 물었다
동행하던 다른 땅꾼이 그걸 보고 놀라
막대기로 독사의 머리를 꾹 눌렀다
독사는 떨어져 썩은 새끼처럼 늘어졌다

오랜 여행 끝에 지친 한 나그네가
마침내 바닷가에 이르렀다
바다 저쪽 세계는 젖꿀이 흐르리라
나무로 뗏목을 엮어 무사히 건너고선
이 뗏목 내게 큰 은혜 베풀었으니
힘겨워도 메고 가서 모셔야지
아니
다른 나그네도 건너도록 그냥 버려두어야지

이렇게 은혜 받고 이렇게 버려두어야 한다
사상도 교리도 금지도 시작법도……

사과

사과 한 알이 천체天体처럼 다가온다
궤도는 보이지도 들리지도 않는다
태평양의 동쪽 끝이 올라가고
서쪽 끝이 내려가는 그네 속에서
꽃잎처럼 얇디얇은 빛살을 몇 겹 감고
빨갛게 물들이는 신비의
운동이 거의 끝날 무렵
다른 과일들도 풍성하게 거느리고
한 점 원초의 빛으로 나를 찾는다

홍시 紅柿

우듬지 끝
계절과 벌레들을 몸짓으로 다 문질러 떨어뜨렸다

위로 보자기처럼 덮고 싸는 투명한 하늘
밑을 보자기처럼 펴어 안는 투명한 대지
수시로 자리 바꾸면서
성숙이란 이런 것이란 듯이
모두들 속으로 끌어들였다

우듬지 끝의
자살 테러 폭탄이다

메마른 잎

까슬까슬 메마른 잎이
먼저 땅에 누운 잎의 등에 붙어 살짝 눕는다
성교性交하는 자세다
한참 후 위와 밑을 바꾼다
등에 업힌 건지 품속에 안긴 건지
나란히 엎드려 땅 밑을 보고 절망하는지
나란히 하늘을 우러러 기도하는지
잎은 그런 몸짓을 전혀 모른다
다시 계곡을 건너고 들을 질러 가스스 굴러가겠지

포화에 타버린 뻘건 황토 산허리길을 돌아 현리*에 왔다
죽음의 냄새가 골짝마다 가득하다
전사자와 부상자들이 들것에 실려 내려온다
들것에서 관절뼈 고리가 툭툭 떨어진다
침묵 신음 한숨이 산비탈을 덮는다
여기저기 무덤 같은 이미 누군가 파놓은 한
참호를 찾아 밭흙을 떠 넣어 뿌려서 깔고
그 속에 지친 몸을 밀어 넣어 눕는다
마비된 사지가 그대로 뻗쳐 잠겨들어 버린다
새벽녘에야 등밑이 뭔가 눅신한 기운으로 허공에 떠있는
것 같아서

살그머니 손가락을 펴어 밀어 넣어보니
물렁물렁한 것이 살아있는 살덩이다
놀라서 얼른 일어나 호 밖으로 나와서야 간밤
한 주검을 보료처럼 깔고 누운 것을 알았다

내가 그를 침대의 보료처럼 깔고 잤는지
그가 나를 안고 꿈을 꾸었는지
내가 그를 업고 고향에 갔다가 돌아왔는지
그가 나를 데리고 압록강을 건너갔다가 되돌아왔는지
설령 그의 총구가 나를 겨누었다 할지라도
나는 너를, 너는 나를 위해 낙엽 같은 빛이 되려고 했지
간밤 어둠 속에 물 떠 마신 해골바가지처럼

*) 한국의 강원도 산악지대의 한 마을. 1950년 한국전쟁 때의
　　한 격전지. 시적 화자의 부대는 '사창리'라는 격전지를 지나
　　1951년 겨울철 어느 날에 이곳에 도착하여 진을 쳤다.

우화 1
— 고향 질날늪에서

길을 가던 한 노인이 목이 칼칼해
좌우의 산이 교배하는 기슭에 쬐그마한 웅덩이를 파고
남으로 가서 우거리* 근처에 또 송곳 부리만한
샘물 한 점을 더 팠다 그 물이 퐁퐁 솟구쳐선
마침내 넓은 늪이 되어 두 근원을 다 덮어버렸다
사람들은 '질날늪'이라고 불렀다 아무리 가뭄이 와도
마르지 않는 그 늪의 뿌리를 찾지 못했다
어느 날 하늘을 다 가릴 듯이 날개를 편 독수리
멱을 감고 있는 한 소년이 눈에 띄었다
앞에는 큰 잉어, 뒤에는 붕어 한 마리
당기고 밀어 호위하고 있음을 보고 하마터면 그도 떨어질
뻔했다
그 소년은 질날늪의 물밤과 골풀과 함께 자랐다
질날늪은 그를 안고 세우고 기른 어머니였다 뒤에
미주 호주 유럽으로 바람처럼 떠돌아다니다가
늘그막에 이 늪가로 돌아와 그 물고기의 안부를 물었다

*) 경남 함안군 법수면 우거리.

고비사막에서

모래사막 빗살무늬 손발가락 다 몽글고
돌아서니 저 멀리 황금도시 우람하다
이 황홀 찾아 더듬는 사막의 꿈 끝없네

물

돌돌돌 숲속의 구슬띠 어느 산문山門의 염주인고
일흔아홉 골 곤두쳐 고르네 저 폭포
두렵다 땅 밑을 찾고 버린 땅 열매 영그네

아내 2

절뚝절뚝 따라오나 고개 돌릴 때
그 찰나 허공을 헛디뎌 낭떠러지 뒹굴었다
그 벼랑 바위 찾지만 마냥 허탕이네

한계령에서

꼬불꼬불 그 버스 산속의 팽이다
팽팽히 돌아 아찔아찔 어느 새 정수리 올라섰네
아슬한 절벽의 한 점 벌레, 뉘 몰래 밀어 올렸나?

5

꽃밭

— 이상옥 교수에게

2만 권*의 활자 고인돌 뚫고 솟아
남해안을 꽃밭으로 울긋불긋 가꾸면서
산길을 도는 엔진이 음악을 들려주네

*) 근대문학에 관련된 원전, 역서, 연구서, 창작집 등 2만 권을
   창신대학교에 기증했더니 '문덕수문학관'을 오픈했다. 그곳
   에 봉직하고 있는 이상옥李相玉 교수는 갈수록 무거워지는
   짐이다.

버릇

장난감을 조르는 손자의 꼬막손을 잡고
현관을 나서면서 "나가볼까" 중얼거리니
엘리베이터의 문이 열리자 손자가 "엘리베이터 타보이까"
한다
나는 그 자리에서 그만 놀랐다

그 손자를 안고 공원의 높은 돌계단을 조심조심 내려가
려 할 직전에
먼저 몸을 엎어 땅바닥에 딱 붙이고
얇은 뱃가죽을 깔고 배밀이를 하더니
두 발끝으로 아래 계단바닥을 요리조리 더듬는다
그리고는 한 계단을 탈 없이 내려딛고서는 그 다음에 또
처음과 같은 자세로 확인한 바닥을 딛고 서면서
어른의 보폭도 오르기 힘든 돌계단을
거뜬히 내려가서니
놀랍다 저 몸짓을 어디서부터 익혔을까

그 후 나는 강가의 물살을 보고선 망설이지만
어느새 큰 나무둥지를 두 팔로 끌어안아보는 버릇이 생
겼다

아침나절에 소나기 멎다

막달라 마리아님의 손이 닿지 않아도
갈릴리 호수 위를 걷는 예수님의 발가락이 빛나고
이 때 난데없이 새 한 마리가 날아들어 흙속의 벌레
쪼아 물지 않아도
보리수 밑에 가부좌하신 붓다의 복숭아뼈
위로 툭 떨어진 금빛 망고는 빛나네

북한산 향로봉 턱밑의 숲속을 오르는
오드리 헵번의 모자 차양에
에게 해 신화의 빛 부스러기들이 날아와 박히네

안라국의 목걸이

안라국의 궁터 가야 도항리 33호 고분에서
2천년이나 잠자던 목걸이가 지렁이처럼 눈뜨고 나왔다
불그레한 마노는 왕후의 목덜미빛이요
토기 굽다리에 뜨거운 무늬를 뚫은 불꽃이다
파란 유리구슬은 안라국 어린 공주님 눈빛이요
왕궁 지붕마루에 내려와 앉은 하늘이요
여덟 나라의 침공을 물리친 장수말이 마신 물빛이다
저 자잘한 비취빛 수정알의 바늘귀에는
지금도 후기 가야 여러 나라 맹주의 숨길이 흐른다
아라가야 궁터 도항리 33호 고분에서
2천년이나 꿈꾸다가 눈을 뜬 저 목걸이는
지리산 숲속에서 구불구불 흘러내려 안라 땅을 적시는
남강이요
한티 재를 넘어 마산 남쪽 바다로 통하는 바람 길이요
여항산 멧부리 남동으로 길게 뻗은 능선이다
아라가야를 지금도 두르고 있는 무성한 성벽이다

이런 인간 11

천장과
밑바닥이
서서히 접근하다가
딱 붙어 버린다.

사방의
벽이
서서히 오므라들다가
딱 붙어 버린다.

그 속의
군중들이
납작하게
셀로판지처럼
혹은 명주오라기처럼

천장과 밑바닥
사방의 벽이
그러다간 조금씩 떨어지는
아, 이 공포의
공간…….

이런 인간 12

탁자들이
사방에서 몰려와서
조그마한
한 개 탁자로 축소된다.

의자 위에
의자를
그 위에
또 다른 의자를
쌓고 포개고 쌓아서는
납작 눌러

살기의
부릅뜬 커다란 눈이
혼자서
독점하고 있다

빽빽하게 들어찬 군중들은
전후좌우로
밀리고 또 밀려서

벽지가 되어
붙는다.

이런 인간 13

한 사람이 납작 눕는다
또 다른 사람이 곁으로 밀려 바짝 붙는다.
논두렁도 개천도
그리고 포탄으로 패인 구덩이에도
또 다른 군중들이 몰려오는 족족
눕고 엎드리고 앉아
벽들처럼 차곡차곡 쌓여서는
반석 같은 광장이 된다. 그 위를
한 거인이 딛고 서서
어제도 오늘도 살벌한 구호를
혼자 외치고 있다.

이런 인간 15

깊이
잠든 사이

머리가 뚝 떨어져
데굴데굴 딩굴다가는
가만히 돌아가서
붙는다.
팔이 뚝 부러지고
그 팔에서
다섯 손가락들이 떨어져
헤매다가
가만히 돌아가서
붙는다.

깊이
잠든 사이

갑자기 눈이 어두워지고
눈알들이 톡톡 튀어나와서는
굴러다니다가

가만히 되돌아가서는
쏙 들어간다.

이렇게
뒤바뀌어 다시 조립되어
다만 살벌한 구호를
앵무새처럼 외치면서
20세기 후반의 짐승이 된다.

이런 인간 16

오른팔
그대로인데,
왼팔만
죽죽 길어진다.
그 다섯 손가락도
길어진다.

왼발
그대로인데,
오른발만
자꾸 길어진다.
그 다섯 발가락도
길어진다.

오른팔은
어깨 속으로 들어가 버리고
왼발은
허리 속으로 들어가 버린
이 영원한 불구의
뒤뚱거리는 세월…….

이런 인간 17

동쪽
끝에서
바늘만 한
혹은 실오라기만 한 윤곽이
서서히 수직으로
성장하면서
걸어온다.
(달려오는지도 모른다.)

남쪽
끝에서
비늘만 한
혹은 실오라기만 한 윤곽이
서서히 수직으로
성장하면서
걸어온다.
(달려오는지도 모른다.)

약속인 양
딱 마주친

두 물체에서
아니 하나의 물체에서
이상한 일이다.
두 눈이 뜨고
두 귀가 열리고

문 덕 수

연 보

1928년 12월 8일 경상남도 함안군 법수면 우거리에서 출생. 아버지 종원宗元, 어머니 나순석羅淳石의 2남 중 2남.

1942년 서당에서 한문 수학 「소학」 「논어」를 수학.

1944년 3월 우거초등학교 졸업. 이 해에 유학차 어머니와 함께 도일渡日.

1946년 5월 종전으로 일본에서 귀국.
9월 중등학교 졸업자격 시험을 거쳐 초등교원양성소 수료 후 우거초등학교, 부산 영도초등학교에 근무.

1950년 2월 중등학교 교원자격 시험에 합격. 통영고등학교 (6년제 중학교) 교사로 부임. 한국전쟁이 발발로 통영고등학교 재직 중 8월에 군에 입대.

1953년 6월 전선 격전지 철의 삼각지(철원과 김화 지역)에서 기습을 받아 중상을 입고 치료 후 제대.
7월 마산공립상업고등학교 교사로 부임.(발령은 1955. 6.)

1955년 3월 전란의 혼란기에 홍익대학교 법정학부를 졸업.
10월 시 「침묵」 「화석化石」 「바람 속에서」 등으로 청마 유치환 선생의 추천을 받아 ≪현대문학≫을 통해 등단.

1956년 시집 『황홀』(세계문화사) 간행.

1957년 11월 제주대학교 국문과 전임강사로 부임, 이어 조교수가 됨.(60)

1961년 홍익대학교 국문과 조교수로 부임.

1963년 5월 상경 직후 시동인지 ≪시단詩壇≫을 주재하여 8집까지 발행. 동인은 이형기, 신동엽, 함동선, 유경환, 정공채, 최원, 성춘복 등, 당시의 쟁쟁한 우수한 시인들이었다.

1964년 1월 국문학과 부교수 및 교수 자격인정서를 받음. 한국외국어대학, 서울대학교(교양)를 비롯하여 고려대학교, 숙명여자대학교, 국민대학교, 중앙대학교, 상명대학 교, 연세대학교 등, 중요 대학의 대학원에 출강함.

1965년 4월 월간 ≪시문학≫ 지를 2년간 주재함. 양왕용, 홍신선, 고창수, 양채영, 이상개 등 우수한 시인들이 배출됨.

1966년 시집 『선·공간』(성문각) 간행.

1968년 김종삼, 김광림과 3인 시집 『본적지』(성문각) 간행. 11월 일본 교토[京都]에서 개최된 일본학국제학술회의에 백철, 이호철, 장백일 등과 참가함.

1969년 논저 『현대문학의 모색』(수학사) 간행.

1971년 7월 현대문학사에서 ≪현대문학≫의 자매지로 발간하던 ≪시문학≫ 지를 인수하여 발행, 77년 김규화 시인이 인수함.

1972년 12월 시드니에서 개최된 국제펜대회에 회장 모윤숙, 김용권 등과 참석함.

1974년 논저『한국현대시론』(선명문화사) 간행.
1월 한양漢陽지 사건, 즉 문인간첩단 사건이 발생함. 일부 피고의 유죄를 위한 법정증언을 강요받았으나 이를 거절함.

1975년 시집『새벽바다』(성문각) 간행.

1976년 시집『영원한 꽃밭』(신라출판사) 간행.

1979년 3월 쓰쿠바대학 대학원 한·일 비교문학을 연구함.

1980년 시집『살아남은 우리들만이 다시 6월을 맞아』(문학예술사)·수필집『차 안에서 졸다가 눈을 뜰 때』(시문학사) 간행.

1981년 시집『수로부인의 독백』(시문학사) 간행. 논저『한국모더니즘시 연구』(시문학사). 논저『문학개론』(시문학사) 간행.
4월 한국현대시인협회 회장으로 당선됨.(재임 1981~1984).
8월 고려대학교 대학원에서 문학학사 학위를 받음.
1982년 시집『다리놓기』(서문당) 간행.
논저『현대시의 해석과 감상』(이우출판사) 간행.
3월 홍익대학교 사범대학장(84. 4.), 이어 동 대학교 교육대학원장(84. 3.)이 됨. 4월 런던에서 개최된 국제PEN대표자회의에 문상득 전무이사(서울대 교수)와 참석함.

1983년 시선집『문덕수 시선』(탐구당) 간행.
8월 제4차 국제비교문학회의(타이페이)에 전광용, 김윤식 등과 참석함.

1984년 4월 태평양 연안 지역 대표 시인들의 앤솔로지인『태평양연안시집U Anthohgf, font sof the Padfu Countries)』을 발행함.
11월 도쿄 개최 아시아시인대회에 김남조, 김광림 등과 참석하여 주제를 발표함.

1988년 시선집『꽃밭 속의 벤치』(문학과 비평) 간행.
수필집『잠들지 못하는 갈대에게』(지성문화사) 간행.

1990년 영역시집『Autumn Landscape』(Shimunhaksa) 간행.
시집『만남을 위한 알레그로』(시문학사) 간행.
시선집『사라지는 것들을 위하여』(미래사) 간행.
2월 소련작가동맹 초청으로 노벨문학상 수상작가 보리스 파스테르 나크의 탄신 1백주년 기념식에 참가, <한국에서의 파스테르나크와 의사 지바고> 에 대하여 강연함.
8월 서울에서 개최된 세계시인대회 집행위원장을 맡고, 앤솔로지『시간 너머의 은유』Metapbor Beyond time, 발행인 MunDok-su, 1990)를 발행함.

1991년 7월 몽골작가동맹 초청으로 한국현대시인협회 시인들로 구성된 대표단을 인솔하여 몽골 방문. 한 · 몽 최초의 문학교류의 물꼬를 틈.

1992년 논저『문학일반의 이해』(시문학사) 간행.
7월 국제펜클럽한국본부 회장으로 당선. 제9대 유네스코 한국위원회 위원이 됨.
9월 국제펜클럽한국본부 주최 '아시아문학심포지엄'을 서울에서 개최함.

1993년 논저『시론』(시문학사) 간행.
7월 대한민국 예술원 회원이 됨.

1994년 시집『사라지는 것들과의 만남』(시문학사) 간행.
논저『오늘의 시작법』(시문학사) 간행.
홍익대학교를 정년퇴임하고, 명예교수가 됨.

1995년 시집『조금씩 줄이면서』(시문학사) 간행.
한국문화예술진흥원장이 됨.
제62차 국제PEN대회(호주의 퍼스)에 펜의 전무이사 이태동 교수와 함께 참석함.
5월 이탈리아의 베니스 비엔날레 1백주년 기념 '한국관' 건립 개관식에 주돈식 장관과 함께 참가함.

1996년『그대, 말씀의 안개』(시문학사). 수필집『금붕어와 문화』(시문학사) 간행.
8월 UCLA와 한국문화예술진흥원과의 공동주최한 학술세미나에 이청준, 정현종과 함께 참석함.

1997년 시집『빌딩에 관한 소문』(시문학사) 간행.
서울시문화상을 수상함.

1998년 8월 제2차 세계대전 중에 징용되어 남태평양에서
희생된 한국인 노무자, 병사들을 애도하는, KBS주
관의 '수중위령비'(사이판 근해)에 조시 『고이 잠드
소서』를 씀.

2000년 6월 도서 약 2만 권과 기타 소장품을 경상남도 창
원시 마산의 창신대학교에 기증, 교내에 <문덕수문
학관>이 설립됨.

2001년 2월(보훈처로부터) 국가유공자가 됨.
청마문학회 회장이 됨.

2002년 시집 『꽃잎세기』(시문학사) 간행.
5월 경남신문 객원논설위원으로 위촉됨.
6월 한국, 일본, 중국 등 동아시아 3국 시인의 시서
전(일본 홋카이도)에 김종길, 김광림, 허영자 시인
등과 함께 참석함.
대한민국예술원상을 수상함. 은관문화훈장을 수훈함.

2003년 일역시집 『소묘素描』(일본 도쿄 토요미술사) 간행.
논저 『니힐리즘을 넘어서』(시문학사), 『모더니즘을
넘어서J』(시문학사) 간행.

2004년 『DRAWING LINES』(U. S. A. : New Jersey, Ho
ma & Sekey)
시선집 『문덕수시 99선』(선), 논저 『청마 유치환
평전』(시문학사) 간행.

2005년 시선집 『한국현역100인대표시선』(푸른사상사) 간행.

2006년 시전집『문덕수시전집』(시문학사) 간행.
　　　　6월 청마문학상(7회)을 수상함.

2007년 시집『꽃먼지 속의 비둘기』(시문학사) 간행.

2009년 장시집『우체부』(시문학사) 간행.

2010년『The Postman』(U.S.A. Poetic Matrix Press) 간행.
　　　　논저『한국시의 동서남북』(시문학사) 간행.

2012년 시집『아라의 목걸이J』(시문학사) 간행.

한국 현대시 100년의 금자탑은 장엄하다. 오랜 역사와 더불어 꽃피워온 얼·말·글의 새벽을 열었고 외세의 침략으로 역경과 수난 속에서도 모국어의 활화산은 더욱 불길을 뿜어 세계문학 속에 한국시의 참모습을 드러내게 되었다.

이 나라는 글의 나라였고 이 겨레는 시의 겨레였다. 글로 사직을 지키고 시로 살림하며 노래로 산과 물을 감싸왔다. 오늘 높아져 가는 겨레의 위상과 자존의 바탕에도 모국어의 위대한 용암이 들끓고 있음이다.

이제 우리는 이 땅의 시인들이 척박한 시대를 피땀으로 경작해온 풍성한 시의 수확을 먼 미래의 자손들에게까지 누리고 살 양식으로 공급하는 곳간을 여는 일에 나서야 할 때임을 깨닫고 서두르는 것이다.

일찍이 만해는 「님의 침묵」으로 빼앗긴 나라를 되찾고 잃어가는 민족정신을 일으켜 세우는 밑거름으로 삼았으며 그 기룸의 뜻은 높은 뫼로 솟아오르고 너른 바다로 뻗어 나가고 있다.

만해가 시를 최초로 활자화한 것은 옥중시 「무궁화를 심고자」(《개벽》 27호 1922. 9)였다. 만해사상실천선양회는 그 아흔 돌을 맞아 만해의 시정신을 기리는 일의 하나로 '한국대표명시선100'을 펴내게 된 것이다.

이로써 시인들은 더욱 붓을 가다듬어 후세에 길이 남을 명편들을 낳는 일에 나서게 될 것이고, 이 겨레는 이 크나큰 모국어의 축복을 길이 가슴에 새겨나갈 것이다.

한국대표명시선100 | 문 덕 수

라일락 향기

1판1쇄 인쇄 2013년 7월 18일
1판1쇄 발행 2013년 7월 22일

지 은 이 문 덕 수
뽑 은 이 만해사상실천선양회
펴 낸 이 이 창 섭
펴 낸 곳 시인생각
등 록 번 호 제2012-000007호(2012.7.6)
주   소 경기도 양평군 옥천면 고읍로 164
          ㉾476-832
전   화 (031)955-4961
팩   스 (031)955-4960
홈 페 이 지 http://www.dhmunhak.com
이 메 일 lkb4000@hanmail.net

값 6,000원

ⓒ 문덕수, 2013

ISBN 978-89-98047-66-5 03810

※ 이 책은 만해사상실천선양회의 지원으로 간행되었습니다.